KB019293

바람 되어
흘러간다

김문한 시집

초판 발행 2016년 6월 13일
지은이 김문한
펴낸이 안창현 **펴낸곳** 코드미디어
북 디자인 Micky Ahn
교정 교열 백이랑
등록 2001년 3월 7일
등록번호 제 25100-2001-5호
주소 서울시 은평구 갈현1동 419-19 1층
전화 02-6326-1402 **팩스** 02-388-1302
전자우편 codmedia@codmedia.com

ISBN 979-11-86104-36-1 03810

정가 10,000원

바람 되어 흘러간다

김문한 시집

KIM MUN HAN

이웃에게 봉사하며 살아야 한다면서도, 봉사에 대한 인색한 사회적 현실에 낙심될 때가 있었습니다. 시를 공부하면서 세상에 존재하는 모든 사물은, 심지어 길가에 있는 꽃이라 할지라고 온갖 고초를 참고 견디며, 무엇인가 잠언적인 말을 전하고 있다는 것을 알게 되었습니다.

　그 겸손을 깨닫게 되면서 마음을 비우지 못했던 것이 부끄럽게 느껴졌습니다. 그리고 나와는 상관없는 것으로 보였던 것들의 감추어진 아름다움이 보이기 시작했습니다. 그리하여 보이는 것뿐만 아니라 보이지 않는 아름다움도 시로 쓰고 싶었습니다.

　아직도 푸른 사과입니다. 다만 좋은 시를 쓰려고 노력하면서 노년의 적막을 극복하고 있다는 것이 여간 기쁜 일이 아닙니다.

2016년 6월

김문한

contents

01

어디로 가야 하나

02

나를 데려다주렴

contents

03

그때 그 간이역

04

바람 되어 흘러간다

1

어디로 가야 하나

갈대

호숫가
하늘을 찌르는 갈대

비바람에 당당하던
푸르렀던 날의 꿈과 기상도

이제는
비워야 한다기에
가을볕에 생生을 말리고 있다

산다는 것은 죽는 것이고
죽는 것이 산다는 것이라기에

그 날을 위해
울지 말자 하면서
바람에 흔들릴 때마다
시린 몸 서로 기댄 채 울고 있다

일기장 2

빛바랜 문을 여니
그 안에
지난날의 그림자 보인다

별을 바라보고
그리워하던 소원
차마 내색하지 못할
가슴 적시는 깨알 글씨
그리워라
알몸으로 남아있다

가난한 마음으로 걸어온
파란만장한 발자취
아직도 꿈 찾아
저문 들판 걸으며
오늘을 돌아보는 나에게
언제고
그대의 미소되겠다고
말없이 들려주는 젊은 날의 일기장

밥

허기진 배가
밥을 재촉하는데
김이 나는 밥알이 눈에 닿았다

폭풍우에
휘청거리던 벼
벌레의 공격에 시달리고
아버지의 땀과
하늘의 햇살이 어울린 열매가
밥이 아닌가

밥을 먹기 위해
새벽부터 저녁 늦게까지
뼈와 살이 닳도록 일하시며
한 마디 힘든다는 말 없던, 아버지
한 수저 밥을 넣고 삼킬 때
어둔 눈이 열리어
고마운 마음 눈시울 뜨거워지고
나도 누군가의
밥이 되어야 한다고 생각했다

낙엽 2

푸르렀던 날
할 일 많았는데
어느덧
나뭇잎 물들어 떠날 채비하고 있다

오래도록
세상 아름답게 꾸미고
정다운 이야기 나누고 싶은데
어미나무를 위해
새 시대의 새싹을 위해
나를 비워야 하고
거름 되어야 한다며

땅에 떨어져
바람 불면
뒹굴며 부서지는 소리
우묵한 곳에 모여
슬퍼하면서도 슬프지 않다고
서로 위로하는 핏기 없는 낙엽

가을 무상

가을 무르익으니
싸늘한 바람 불 때마다
물든 나뭇잎 우수수 떨어진다

산등선 수놓았던
억새꽃 하얀 머리
맥없이 바람에 휘날린다

여름 햇살
피곤한지 전만 못하고
무심한 바람
삶의 무게 내려놓으라 한다

짧았지만
꽃피우고 열매 맺으려 애쓰던
즐거웠던 시간, 힘겨웠던 시간
추억에서 멀어져가고

나를 재촉하던
친구들 그리움만 남기고
슬금슬금 사라져 간다

꽃과 나그네

가도 가도 끝이 보이지 않아
되돌아갈까 망설이다

길가에 피어있는 이름 모를 꽃
한참 보고 있는데

얼굴만 보지 말고
냄새만 맡지 말고

깊은 겨울 맨발로 견디고
꽃다운 꽃 되어

모든 이의 미소되려고 한
마음보라 한다

낙심하던 나그네, 부끄러워
신발 끈 다시 조여 매고 힘차게 걸었다

그렇게 하라

어느덧 해 저물어
어둠이 내려오고
쉬어야 한다는데
마치지 못한 일
조금 더 하고 싶다면
그렇게 하라

너와 내가 만나
걸어온 길
저 길로 갔어야 했나
이 길로 온 것 잘한 일이지
세상사 유한한데
다투며 걸어온 길

머지않아 너와 나는
하늘의 별의 되어
눈물로 돌아가야 한다
생각하면 사랑이 미움이었고
미움이 사랑이었던 것
지난날의 그림자 다 지워버리고

바람으로 돌아가고 싶다면

그렇게 하라

그대를 사랑하리라

겨울
잘도 참아
마침내 가지마다
예쁜 눈 띄워, 푸르게 하고
단풍들어
세상 아름답게 꾸몄는데, 지금은
아무것도 걸치지 않은 나목裸木 되어
앙상한 나뭇가지
하늘 향해 팔 벌리고 있다
볼품없다고
외로워 말라
부끄러워하지도 말라
무덥던 여름철
따가운 햇살에
허둥대던 나에게
무성한 잎으로 그늘 되어 주던
고마움 어찌 잊을 수 있겠나
가진 것 아무것도 없고
곱던 몸 주름
허리 휘어졌다 해도

이 세상 끝나는 날까지
그대를 사랑하리라

숲

숲 속에 있는 온갖 작고 큰 나무
높낮이 따지지 않으며 양지든 음지든
선 자리에서, 넘보지 않고 정답게 살아간다
숲에서는 화장한 모시치마 저고리 입으신 어머니 냄새
가 나며
때맞추어 잎 틔우고 꽃피워 열매 맺는다
벌레, 짐승 그 안에 사는
생명체 모두 끌어안으며
새가 이 나무 저 나무 옮겨 다녀도
시기하거나 질투하지 않고 끈기 있게 차례 기다린다
비가 오면 다 같이 비를 맞고
강풍이 불어오면 서로 힘을 합해 견뎌낸다
나뭇가지 사이로 파란 하늘 흰 구름 흘러가는 그림 살
짝 보이기도
밤이면 큰 나무 작은 나무에서 별들 숨바꼭질
바람에 장단 맞춘 소야곡 풀 속 벌레소리 합창으로
천사들의 무도회장이 되기도
빛과 어둠이 공존하고 미움과 다툼이 없으며
서로 의지하고 존중하며 화목하게 살아가는
숲은 어머니 품처럼 따뜻하다

하늘

파란 하늘을
한참 보고 있으면

온갖 때로 얼룩진
내 마음 떠오른다

낮아져야 한다면서
높아지려 하고
비워야 한다면서
채우려 한 욕심

눈물로 얼룩진
지난날의 상처
이제는 잊어야 한다면서
잊지 못하는 옹색한 마음

생각할수록 많은
내 안의 추하고 부끄러운 모습

맑고 맑은 저 하늘 물로
깨끗이 씻어내고 싶다

나를 만나면

오늘도
저 높은 곳 과기대*에

언덕길 따라가다가
숨이 차
나무 그늘에
쉬고 있는 나를 만나면

무엇하러 이곳에 왔느냐고
묻지 말아 주세요

더욱이 너의 모습이
옛날만 못하다고
말하지 말아 주세요

미련하나
깜깜한 이 땅에
한 알의 씨앗이 되어
어둠 밝히는
많은 열매 맺게 하려

이 길 걷고 있으니

지난날의 나를
기억하지 마시고
따가운 햇살 친구 삼아 씨 뿌리는
농부로 생각해주세요

---

* 과기대 : 중국 연길시에 있는 연변과학기술대학

저수지 2

낮은 곳에 있어도
외롭지 않다

흐르는 강물
바다 볼 수 없지만

내 안에 내려앉는
파아란 하늘
쉬었다 가는 흰 구름 친구 되고
때때로 새들 찾아와
물마시며 지저귀는 소리
즐겁게 한다

어둠이 내리면
별님, 달님 찾아와 문안하고
둘레 풀밭에서 벌레들
노래 소리 외로움 달래어 준다

나를 낮게 내려 보아도
조금도 섭섭지 않다

가뭄 들면
한 방울의 물도 아까워하는 농부
나를 생명수로 생각하고
메마른 논밭으로 모셔갈 땐
너무도 기쁘다

낮은 곳에 있는 것은
너를 위해 나를 비우는 일이다

늙어가는 아내에게

어두워지는 저녁
산기슭 가로등이 있는 목조찻집에서 처음 만났을 때
훈훈한 바람 우리 만남 축복해주었지요

예기치 않는 비바람에 당황하는 나보다
강하게 고난 이겨내고 뜰에 피어 있는
꽃들을 손질하는 그대 보고
바쁘다는 핑계로 물 한번 주지 못한 내가 부끄러웠습니다
어느 날 병원 갈 때 내 손잡아 이끄는 윤기 없는 손
나를 안심시키려 애쓰는 흰머리 날리는 근심스런 얼굴에
부질없는 고집으로 그대 마음 아프게 했던 것 후회했습니다
크고 작은 일 많았지만 오랜 세월 무사히 통과해 온 것은
늘 별만 찾는 멋없는 나를 원망하지 않고
혼자 무거운 짐 말없이 받쳐준 그대 덕분이었지요
추억은 자꾸만 멀어져 가고 시간은 모른 척 앞으로만 가네요
이제 우리 곱게 늙어가는 공부합시다

오늘 밤은 지난날 생각에 잠이 오지 않네요
숨쉬기조차 어려웠던 사막 길에서 내가 살아남은 것은, 그대
가 깔아준

따뜻한 뼈와 살의 방석 때문이었습니다

거친 비바람에 어느새 곱던 얼굴 주름 잡히고

오늘도 시달린 하루 일에 곤히 잠든 그대 얼굴 바라보며

고맙다고, 사랑한다고 살며시 잡은 거칠어진 손

왜 이리 가슴 아픈지 이슬이 맺히네요

삽이 녹슬면

시간에 매달려
삽질하며 살아가는 삶

기쁨과 슬픔 거기에 흘려보낸다

땅 파고 두둑 만들어 감자 심었고
모내기 위해 논둑 돋우고 물꼬 트는 등
쉴 틈 없었던 인고의 삽질

시간은 사정없이 지나가고
일에 지친 삽 점점 닳아 짧아진다

꿈 많던 삽
기어이
녹슬면
삽에 매달린 삶은 저물어가고

지나온 시간
흙더미 위에 남겨진 발자국
희미해지면

아무것도 걱정할 것이 없는
어두운 마을로 돌아가야 한다

겨울에 내리던 봄비

오늘도 전선에서는
치열한 전투가 계속되고
많은 전사자가 생겼다는 방송
어쩐지 심란하다
중부전선으로 가는 도중
소식 전해 듣고 달려 나온 사촌형
수심 가득한 얼굴
나를 만나자마자 장하다 '문한'아
소리 내어 덥석 내 손잡더니 장갑이 없구나
동상 걸리면 안 된다
끼고 있던 낡은 가죽장갑 내 손에 끼워주고
손목 만지더니 시계도 없네
싸움터에서는 시간을 잘 알아야 한다
차고 있던 구닥다리 시계 내 손목에 채워주시던
날씨 추운데 웃으시는 얼굴에 봄비 내리고
비겁하지 말라
살아 돌아와야 한다
이만저만 걱정이 아니다
이제 떠나야 할 시간이에요
걱정 마시고 집에 가세요

나를 태운 트럭은 북쪽으로 달리고
그 자리에 서 계시는 모습 점점 작아져 갔다

이 세상에서 가장 위대하시고 자비로웠던 사촌형
이만큼 커서 은혜 갚고 싶은데
내 마음속에서 웃고만 계시다

세월

마음은 아직도 젊은데
머리엔 빛바랜 잡초만 드문드문
뒤를 돌아보니 아쉽기만 하고
앞을 바라보면 안개 자욱하다

하늘은
스스로 돕는 자를 돕는다기에
달리고 또 달려
삶의 무지개 바라볼 수 있을 만하니
눈도 귀도 어둡고, 허리는 구부정하다

탑 쌓으려고
돌 하나하나 정성껏 다듬어
맞추어 나갔고
완성되어가는 기쁨 느낄 만하니
세월이 이렇게 흘러갔다

두드려야 열린다는 말
일찍 깨달았다면
멋진 탑 쌓을 수 있었을 것을

허전한 마음
먼 하늘 바라보고 있는데
어디선가, 아직 세월 남아있으니
하던 일 계속하라 한다

어디로 가야 하나

바람이 세차게 분다
아직도 갈 길 멀었는데
시간은 우울해지고
초조한 나그네의 신발 속에
어둠이 스며든다
짙은 노을에 취해 휘청거리기도
희망 찾아 여기까지 왔는데
어느새 신발창 다 닳았다
이것으로 삶은 끝나는 것인가
고향 떠나올 때
박수치던 소리, 성원하던 환성
점점 멀어져가고
희미하게 보이는 들과 산
은은하게 들리는 소쩍새 우는소리
낯선 땅에서 서성거리며
어디로 가야 하나
망설이고 있는데
뼈 묻을 곳은 있으니 걱정 말라고
밤하늘 은하수 손짓하고 있다

2

나를 데려다 주렴

신문지

아침마다
기다려지는 신문
많은 소식 들고 와
신문지가 된다

방 모서리에 있는
신문지 정리하다, 나도
이제 신문지라는 생각
쓸쓸해지는데
버려진 신문지
아직 할 일 많다 한다

분수가 있는 세상살이
삶의 길에
순응하는 것이 지혜로운 일

지난날의 흔적은
추억일 뿐, 고집하지 말자
포장이 되고
받침이 되는 것

신문지가 할 수 있는

기쁜 일 아니겠나

낙심될 때면

마음에 비 내리면
세상에서
가장 낮은 곳에 모여 있는
바다로 간다

갈매기 울음소리
끊임없이 바람 부르고
바람은 연신 바다 두들겨
파도 일으킨다

땅에 오르고 싶은
파란 꿈 해안에 부딪쳐
눈물 되어 통곡한다

거친 대양 거치며 지켜온 자존심

포기하지 않고
끈질기게 밀려가고 밀려오는
파도를 본다

이슬

하늘에서 내려와
풀잎에 앉아 있는
수정 닮은 아침이슬

이런저런
하늘나라 이야기
정답게 나누고 싶은데

새벽 깨우는
살랑바람에도
미련 없이 떨어지고
햇빛 솟으면 사라져야하는
가여워라 짧은 삶

너를 보면
젊은 청춘 나라 위해
사라진
애국선열 생각 숙연해진다

버리고 싶었던 짐

무거운 짐
감당하기 어려워 버리려 했으나

버리려고 하면 할수록
더욱 악착같이 등에 붙어
비틀거리게 했다

미움도 사랑인가
지금은 그와 정이 들어
버릴 수 없는 친구가 되었다

열매 품은 꽃은
따가운 햇살에 스러지지 않는다

세찬 비바람에
넘어지지 않은 것은 버리고 싶었던
짐이 등에 있었기 때문

우물가 코스모스

푸른 하늘아래
한 송이 코스모스
찬 바람에
한없이 흔들리고 있습니다
애처로워
오래 사셔야지요
말하는 나에게
걱정하지 말라던 얼굴에는
이슬이 맺혀 있었습니다

기어이 꽃은 떨어지고
그날 이후 살아온 세월
어느 듯 가을 되고 보니
지친 몸 참으시며
자식 위해 우물가 지키시던
코스모스
줄기 썩어가는 것, 왜 몰랐는지
아픈 모습 보이지 않으려던
어머니 마음
늦게 더욱 서럽습니다

들녁 길에서

답답할 때
하던 일 멈추고
멀리 보이는 산, 높은 하늘을 바라보며
들녁에 간다

온갖 풀들이
저마다 생을 노래하고
눈에 띄지 않은 곳에
이름 모를 꽃도 피어있다

저 풀과 꽃
아무도 돌보는 이 없는
외로운 들에서
뿌리 탓하지 않고
비바람 참고 견디며
활기차게 살아가고 있지 않은가

걷다 보니
들길에는 누군가 걸어간 발자국이 있고
길가에는

소중하다고 생각하지 않았던 꽃들이
산들바람에 춤추고 있다

하잘것없다고
눈여겨보지 않았는데
삶의 들녘 지키는 저 풀과 꽃
누가 보든 말든
자기 몫대로
지구를 가꾸고 있으니
이에 더한 기쁨 어디 있겠나

간이역

내린 사람
제 길 찾아가고
기적소리 멀어진 간이역에
혼자 남아, 기대했던
그대 만나지 못해
떠나보낸 기차를 후회했다
해는 저물어
어느새 민들레도 잠들고
주변은 어두워지는데
나는 어디로 가야 하나
간이역사 창을 두드려도
아무 대답 없다
갈피 잡지 못하고
지구의 한복판에서 서성거리는
내 자신을 탓하며
누군가 떠난 의자에 앉아
하늘의 별을 바라보고
살아갈 날들을 생각했다
뜻이 있는 곳에 길이 있다고
몇 번이고 되뇌고 있는데

어디선가 은은하게
종소리 들려온다

수련꽃

둑에 개망초꽃 피어있는
흐린 저수지 변두리에
햇살이 주고 간 선물
하얀 수련꽃 누군가 기다린다

잔잔한 바람 불던 날
어디선가 해오라기 한 마리 날아와
푸르고 납작한 잎에 앉아
그녀와 한참 알아들을 수 없는 이야기
정답게 주고받는다

돌연한 인기척
해오라기 놀라 어디론가 날아가고
못다 한 이야기 간직한
수련꽃 하얀 얼굴 더욱 눈부셨다

나를 데려다주렴

바람아, 꽃자리 찾아
갈팡질팡하는
나를 데리고 가지 않겠니
눈물과 한숨은 버리고
꿈만은 함께 말이야

시작은 다부졌지만
어느새 시간은 지나고
얼마 남지 않은 기운으로
피어나고 싶다

바람아, 너는
하늘과 땅을 자유로 오가니
내가 거할 곳 알지 않겠니

들이고 산이고
시기가 없고 다툼이 없는
오래오래
사랑 나눌 수 있는 곳으로
나를 데려다주렴

잊지 못할 아주머니

이웃집에 사는 아주머니
생을 담보하고
오늘도
수레로 이른 아침 끌고 시장 간다

따스한 바람
매화, 개나리, 목련 불러내어
향기 그녀 어깨에 내려놓는다
나도 들고 있던 책가방
수레에 올려놓자
무거운 짐 싣고도
가벼운 발걸음
피곤한 아주머니 미소 짓는 얼굴에
아침 해가 비치고 있다

일찍 혼자되어
세포기 꽃 기르느라
얼마나 많은 눈물 흘렸겠나
동네 대소사에 몸 사리지 않았던
착하고 정이 많으셨던 아주머니

어느덧 해는 서산에

지금은 따뜻한 아랫목에서

옛날 추억 읽고 계실까

즐거운 나의 집

어두워지는 거리
일당 받고
집으로 돌아가는
노동자의 발걸음 가볍다

가게에 들러
아내가 먹고 싶다는
자두 두 개
막내 줄 새우깡 한 봉
바둑이 먹거리 사고
별들이 숨바꼭질하는 길
그의 발걸음 바쁘다

하늘같이 여기고 기다리는
아내 생각에 눈물이 주룩
막내의 아빠 부르는 소리
바둑이 반가워하는 멍멍 소리에
일터에서 힘들었던 일
어디론가 사라지고

은연중 입가에
"즐거운 곳에서는 날 오라 하여도
내 쉴 곳은 작은 내 집뿐이리" 라는
노래 흘러나온다

내릴 역을 놓치다

오늘은
웬 일이 그리 많은지
과장의 불호령에
말초신경까지 부들부들
이 일 하려면 저 일에 막히고
저 일 하려면 이 일에 막혀
보고서 정리되었을 때는 밤 9시
급히 서둘러 5호선 타고 집에 가는데
타고 내리는 발소리 시끄러워도
긴장이 빠져나간 나른한 몸
차바퀴 덜컹거림 상관없이
나도 모르게 눈이 감기고
눈 떴을 때는 종점 김포공항
당황하여 되돌아
집에 도착하니 밤 11시
현관문을 여니
반갑게 맞이하는 아내
내릴 역을, 그만…
힘없는 말 입에서 맴돌기만
얼마나 시장하세요

가방 받아 든

그녀의 손 너무도 따뜻하다

시월이 가는 소리

피붙이 떠나보내려
붉은색, 노란색 옷 갈아입히며
눈물 흘리는 어미나무

떨어지는 나뭇잎 사이로
시월 지나가는 소리 들린다

누군가 기다리던 해바라기
지쳐 고개 숙이고
길가의 코스모스
싸늘한 바람에 서럽게 인사
풀 섶 귀뚜라미
가는 시월 아쉬워 울고 있다

들에서 산에서
멀어져가는 시월, 겨울로 이사 가는
소리 요란하다

인연은 쉽게 끊을 수 없는 것
아직 할 일 남아 있는데

매정하구나, 뒤도 돌아보지 않고
혼자 가는 시월아

밤나무 꽃향기

신록의 유월
이게 무슨 냄새냐
동네 사람들이 수군수군
바둑이도 코를 실룩거리며
이 집 저 집 드나든다
박하 냄새 같기도 하고
신부 냄새 같기도 하다고
소문이 소문을 낳아
동네 전체가 술렁거린다

어데서 나는 냄새일까
흰 구름 떠 있는 맑은 하늘
까치 냄새에 취했나
이 나무 저 나무 왔다 갔다 하며
시끄럽게 우짖는다
점점 코를 자극하는 냄새
율동공원에 다가서니
예쁠 것도 없는
흰 구슬 머리의 한 여자가
소리 없이 사랑노래 부르며 서 있었다

열매

가지는 의기양양
뾰쪽한 채 하늘 향하고
아기 열매
둥글게 되더니
머리 숙이고, 땅만 내려 보고 있다

가뭄·비바람에 견디고
벌레 공격 막으며
뿌리와 몸통에서 젖 받아
속살 맛있게 채워나갔다
익어가는 열매
파아란 옷
노랑·빨강 옷으로 갈아입고
신랑 기다리고 있다

익은 열매보다
고난 중에도
모나지 않고 둥글게
이웃을 위해
살아가는 사람이 생각났다

상처 난 물

일터에서
상한 마음 달래려고
선술집에 들러 한잔하고
늦은 밤 징검다리 건너 집에 갈 때
하염없이 우는 소리

귀 기울이니
쫄쫄쫄 흘러가는 물
엎드린 채 슬피 울고 있었다
아침에 건널 때 못 들었는데
맑고 맑은 저 물에
누가 돌 던져 상처 냈나

풀잎 모른 채 잠들고
별만 물 위에 떠 있을 뿐
상처 난 물소리
금 간 내 가슴 쓰다듬으며
흘러가는 소리 아닌가

그래

울음도 삭히면 힘이 된다니
시린 가슴 풀리도록 실컷 울어보자
내일을 위해서

그 골목길

나 살던 동네는
몇 가닥의 골목길이 있었고
줄기 끝에 감자 매달리듯
막다른 길목에 초가집이 있었다
골목길 따라
학교 오가고
시장가는 이웃집 아주머니 수레에
무거운 내 가방 실어도
모른척하던
피곤에 지친 아주머니 하얀 미소가
가득했던 골목길
집집마다 감나무가 있고
오월이 되면 감꽃 향기
가을이면 빨간 감들이
파란 하늘에 매달려 골목길 밝혀주고
담장 껴안은 골목길에서
친구들과 자치기, 팽이 돌리기, 눈싸움하고
숨바꼭질할 적에는
헛간에 숨어
그녀가 부엌에서 일하는 모습
슬금슬금 훔쳐보기도

서산에 해 지는 저녁

혼자 골목길 서성거리며

앞으로 갈 길 생각하고 있는데

물동이 이고 우물 가던 그녀

나를 보고 수줍어하던

하얀 얼굴, 가는 허리, 늘씬한 다리

지금도 가슴 설레인다

여름밤이면 골목길은

춤추는 개똥벌레로 분주했고

가을밤이면 귀뚜라미 우는소리

적막한 골목길 더욱 하양게 했다

민들레 피어있는

골목길 통해서

논밭으로 가시던 아버지 어머니

코스모스 피어있는

골목길 밟고 산으로 가셨다

내 숨결이 잠겨있고

기쁘고 슬픈 수많은 사연이 꿈틀거리는

지금은 세상에 없는

내 마음속에만 남아있는

생각할수록 그리운 그 골목길

3

그때 그 간이역

억새

여름 햇살 머물러있는
산등선에
당당히 꽃피워
은회색 파도 이는
꿈 가득한 억새풀

누군가 기다리다, 지쳐
말라버린 줄기
세월에 빛바랜
고개 숙인 머리
아쉬워하는 모습 역력한데
부끄럼 없이 살았노라고
태연한 척하면서

바람 불 때마다
하얀 머리 날려 보내며
서로 기댄 채 슬피 울고 있다

소금 2

오늘
기분 나쁜 일로
낙심하면 어쩌지

세상일이 어찌
내 마음과 같겠나
이 눈치 봐야 하고
저 눈치 보다
마음 상하면 어쩌나
아예 소심한 가슴에
소금 뿌리고 가자

말로서 말 많은 세상
하마터면 폭발했을 뻔

집에 올 때
소금으로 절은 가슴 위로
삶의 아찔한 바람 스쳐 지나갔다

밤은 떨어져야

솜털 같은 밤송이
점점 날카로워
까치도 건들지 못하게 하고
그 안에 어린 밤
걱정 없이 자란다

무덥던 여름 지나고
서늘한 가을 되니
몸 커지고
가시옷도 늙어 벌어지기 시작
밤 땅에 떨어져
누군가 기다린다

허공에 매달린 채 있다면
먹거리 될 수 없고
귀한 과일로 여겨
백과百果의 대열에 낄 수도 없으니
사랑이란 이런 것
밤은 떨어져야 한다

그리운 코스모스

입대할 때
나를 배웅하던
코스모스 닮은 그녀
남색 치마에 가느다란 허리
하얀 얼굴에 맑은 눈동자
한들한들 인사하는 눈가에
이슬이 맺혀 있었다
너무나 안쓰러워
몇 번이고 뒤돌아보고
살아 돌아오겠다고 다짐했다
전쟁 끝나고
나는 이렇게 살아있는데

파아란 하늘
코스모스 피어있는
들길 걸을 때마다
수줍어하던 그녀가
나를 부르며 달려 나올 것만 같다

별명

내 별명은 물
너무나 물컹해서
바보스럽다는 것인데
심한 생존경쟁에서
이만큼 살아남은 것은, 나를
적수로 생각하지 않기 때문이다
약삭빠르지도
뛰어난 재주도 없지만
항상 낮은 자세로
목마른 자 마시게 하고
세상 푸르게
이웃 먼저 생각하니
미움 받지 않고
필요하면 나를 찾는다
겉으로 어리석게 보이면 어떠냐
시기와 욕심 많은 세상
묵묵히 할 일 하는
내 별명이 물인 것 천만다행이다

나의 노트북

문 열고 들어가면
넓은 가슴
부르면 소리 없이
먼 곳 손님 모셔오고
시키는 일 빈틈없이 하는
재주 덩어리

믿음이 있어
맡긴 편지 허락 없이
아무에게 주지 않고
내가 찾으면 언제든지
그 모습 그대로 가져온다

생각날 때마다
내가 쓴 시 불러내어
시어詩語 다듬는 기쁨 주기도

나의 노트북은
못 하는 일이 없는 여장부
내 앞에서는
언제나 미소 짓는 애인이다

은행나무

동구 밖, 파란 하늘
한 그루 은행나무
찾아오는 그대
먼 데서 볼 수 있도록
노란 우산 쓰고 있다

기다리고 기다려도
그대 보이지 않고
몸과 마음 지쳐
고이 간직한 황금빛 잎새
가여워라
바람 불 때마다
소리 없이 떨어진다

늦게 올지라도
그리움에 흐느끼는
잎 밟으면
그대 마음 노랗게 물들어
가슴 억누르던 절망 사라지고
기쁨과 희망 솟구쳐

봄을 기다리는

나목의 소리 들을 수 있으리

사과나무

- 졸업하는 제자를 생각하며 -

아기 열매

폭풍우, 벌레 심술 견디고

농부의 땀

따스한 햇볕 받아

어느새 어른 되어

매달린 나뭇가지 힘겨워 보인다

그래도 무게가 기쁨인 듯

늘어나는 살 반기는 사과나무

강인하기만 하다

푸른 사과

햇덩이 되고

기어이 추수

떠나는 자식, 가는 곳마다

잘 익었다는 말 들어야 하는데

걱정 중에

잎 하나둘 떨어지고

무게 견디던 벌거벗은 가지

하늘 향해 기도하고 있다

그런 그릇 되고 싶다

땀 흘리며
집에 온 나에게
어머니가 그릇에 담아준 물
꿀맛이었다
따가운 햇볕에 일하는 농부
따라주는 막걸리 한 그릇 가득 마시고
어! 시원하다 고마워하던 소리
지금도 귀에 쟁쟁하다
흙과 물로 빚어 만든 그릇
빼어난 모양 아니지만
밥 담으면 밥그릇
국 담으면 국그릇
물 담으면 물그릇 되어
언제 어디서나 쓰이며 다정하다
도적 염려하고
상처 날까 자주 쓰지 않는
금 그릇
가보는 될지언정 그릇이라 할 수 있나
따뜻한 정 담아
누구에게나 나누어 기쁨 줄 수 있는
그런 그릇 되고 싶다

그때 그 간이역

며칠째
마음이 안개로 자욱
햇빛 보고 싶어 기차를 탔다

들을 지나 강을 건너
힘차게 달려가고
언덕을 넘더니
빨간 지붕 하얀 벽의 간이역에서 멈추었다

기차에서 내리니
낡은 벤치가 놓여있고
벤치 앞 샘물가에는
네 송이 빨간 장미꽃이 반겨주고
마당에 있는 느티나무에서
이름 모를 아름다운 새들이 노래하고 있었다

물 마시니 갈증 풀리고
꽃들의 아름다운 향기
지친 몸과 마음의 피로 사라져
활기 되찾았던 50년 전의 그 간이역

지금도 마음속에 살아 있어

다시 가보고 싶다

나무의 일생

태어난 곳
비옥한 땅 아니지만
착한 나무 되고 싶었다
자급자족해야 한다기에
뿌리는 땅속 깊이
줄기는 당당하게 세상에 펼쳤다

봄날 예쁜 꽃
기어이 잉태하여
기뻐하는데
뜻하지 않은 태풍으로
상처 입은 열매
따뜻한 햇볕 어루만져
씩씩하게 자라
가지 휘청해도 기뻐했다

왜 이리 가물지
비가 너무 많이 온다
바람이 또 불어오면 어쩌나
걱정 속에 시간은 흘러가고

가을 되어 추수, 기쁨도 잠시
열매 맛 좋아야 하는데
여전히 초조하다

찬바람 부는 들판
이파리 떨어진 앙상한 나무
살얼음 밟으며 살아온 세월
지켜준 하늘에 감사
고목되기보다
재목되고 싶다고 기도한다

가랑비

그대 내게 올 때
예쁜 꽃 되고
나는 철없는 푸른 나비되어

서로 버팀목
작은 일 큰 일 수놓기 바빴다

때로 찡한 감동으로
감사 노래 부르고
때로는 아픈 일로 밤새우기도

산다는 것 꿈꾸는 것일까
슬금슬금 흘러간 세월로
곱던 얼굴
황혼으로 물들어 가고

소나무 가지 사이로
석양 넘나들며
주방에서 일하는 그대 비칠 때
눈에 닿은 굵어진 손가락 마디가

내 마음 시리게 하고

기진한 눈에 가랑비 흐른다

벤치에 앉아 있던 노인

민둥민둥한 지붕
햇빛 감당하기도 힘겨워
구부정하게 휘어진 기둥
아름답던 벽체
비바람에 시달려 쭈그러든
노인이 공원벤치에 앉아 있다

몸의 윤곽만은 당당
떠도는 흰 구름
공원 내 나무 바라보다가
푸른 잎 사이로
그리운 얼굴 아롱거릴 때
입가에 알 수 없는 미소
들리듯 말듯 흥얼흥얼 노래 부른다

겁 없는 비둘기들
노인 앞에 살짝 내려앉는다
호주머니에 있던
과자 부스러기 뿌려 주니
맛있게 먹고, 인사도 없이

똥만 놓고 어디론가 날아간다
일어선 노인 휴지 꺼내어
떨리는 손으로 똥 치우고
지팡이 짚고 쓰레기통 찾아 갔다

다섯 그루의 나무

숲 속에 있는
다섯 그루의 나무
매월 첫 주 물 흐르는 날에
매화향기 피어있는 선천가에 모여
지나온 이야기 꽃피운다
어른 나무
당당했던 모습
세월에 구부정하지만
한 마디 한 마디 뼈있는 말씀
지난날 푸르렀던 네 그루의 나무
순종하는 몸짓 여전하다
같이 웃고 화답하는
이파리 없는 허전한 나무
외로움만 있는 것은 아니다
찬바람만 있는 것은 아니다
캄캄한 땅속
서로의 뿌리 엉켜
체온 나누는 정
물기 없는 얼굴엔
지나온 생활 부끄럼 없다고
웃음소리 하늘과 땅에 가득하다

그리운 고향 우물

때만 되면 우물가
처녀들 웃음소리
아줌마들 덕담으로
즐거운 낙원 되고
날마다 때마다 퍼내도
마르거나 줄지 않았으며
밤이 되면
달님 별님 찾아와
숨바꼭질하고, 내일을 위해
두레박 상처 치유했는데
세월 지나 찾은 고향
내 이름 부르면, 대답하던
그 자리에 물질하는
여인들 보이지 않고
이름 모를 문패만 달려있어
그리워 찾아온 가슴 속에
빈 두레박 소리만 요란하다

수의 입고 떠나시는 어머니에게

문상객들은
분위기 띄우려고
소주잔에 화토놀이로 떠들썩한데
몸 사리지 않으시고
자라나는 꽃들에
물 주고 거름 주며 웃으시던 어머니
마지막 모습 보려고
입관실로 가는 발걸음 무겁기만 하다
침상에 반듯하게 누워 있는
살아서 비단옷 입어보지 못했는데
가실 때조차 삼베옷을 입어야 하는 야위신 어머니
보자마자 눈물이 주르르
고단하셨던 시간 놓으시고
하늘나라 꿈꾸시나
웃음 띄운 얼굴
밭에서 지치신 몸 돌보지 않고
그늘이 되라
희망을 만들라
고독을 이겨라 가르치시던
소리 없는 소리에

철없이 지내온 가슴 미어진다
낙심하고 있을 때, 기도하시고
기뻐하면, 찬송 부르시던 어머니
떠나는 날에서야
사랑은 희생이라는 것을 알게 되었으니
어머니, 얼마나 섭섭하셨을까
늦게나마 가르쳐주신 말씀 간직하고
보람차게 살겠으니
걱정 마시고 안녕히 가세요, 어머니

다시 찾아오는 봄아

지난해 꽃피우고
모습 보이지 않아
무심하다 했는데
지구 한 바퀴 돌아보고
다시 찾아 왔구나
너의 미소 아지랑이 되어 춤추고
봄비 메마른 뿌리 적셔
푸른 싹 틔운다
꽃샘추위 기승부려도
훈훈한 봄바람
나무마다 눈뜨게 하고
수줍은 가슴 솟아나게 한다

언 땅도 녹이고
죽어가는 초목 살리는 봄아
금년에는
남과 북의 해묵은 얼음장
제주도 한라산에서
휴전선 넘어
백두산 천지에 이르기까지

사랑의 손길로 어루만지고
훈훈한 입김 불어 넣어
묵은 원한 깡그리 녹여
사랑의 꽃 피워
삼천리 방방곡곡에서
때 묻은 겨울 이겨낸
기쁜 봄소식
하늘과 땅에 차고 넘쳐
동강난 지도를 바르게 해다오.

4

바람 되어
흘러간다

환승역

꿈을 안고 기차를 탔다
행복 찾아가는 사람
환승역에서 내리면
기차는 사정없이 떠났다
갈아타야했는데
망설이다 놓쳐버리고
흔들리는 차 안에서
궁색한 생각만 했다
그 환승역에서 갈아탄 친구
기어이 삶의 금자탑을 쌓고 있다는데
결심할 때 결심하지 못하고
선택할 때 선택하지 못한 것
왜 이리 후회되는지
이제 어느 환승역에서 갈아타야하나
나뭇잎 다 떨어진
삭막한 세상
창에 스쳐 가는 흐릿한 삶
신천지로 가는 환승역
늦기 전에 찾아야 한다

삶은 나무다

철따라 어김없이
꽃피워 열매 맺으며
잎 틔워 세상 푸르게
세들의 간이역, 매미들의 연주장
나그네 그늘 되고
단풍들어 세상 아름답게
낙엽 되어 맨몸 되어도
큰 꿈 간직하고 추위 견딘다
음지에 있다고 불평하거나
양지에 있다고 자만하지 않으며
선 자리에서 하늘에 감사
겸손하게 살아간다
강풍 불면, 뿌리·몸통·가지 하나 되어
당당하게 맞서고
나무꾼이 한 팔 베어도
남은 팔로 굳세게 살아가며
목재 되기도
대가 바라지 않고
평생 베풀기만 하는 삶은 나무다.

동구 밖 한 그루의 나무

언제나 그 자리에
팔 벌리고
뿌리는 땅속 깊이
지구를 밟고 있으니
사나운 태풍 겁 없고
마을 안내하는
자부심 소중히 여긴다

꽃피워 열매 맺고
푸른 잎 틔워
매미들 연주장
그늘 되어 오가는 사람 쉼터 되기도
단풍들어 낙엽
맨몸 되어도 외로움, 추위 견디며
내일 위해
빛나는 별 바라보고
거룩한 꿈에 침묵하는
동구 밖 한 그루의 나무여

좁은 길

저 길은
사정이 넉넉지 못해 단념하고
이 길인가 하고 가다 보면 막히고
남들은 길 찾아 잘도 가는데

새 길 찾아 걸었다
아름답게 보이던 길이
갈수록 좁아지고 험해진다
짙은 안개로 돌부리에 걸려 넘어질 뻔
조롱하는 소리에 비틀거리다
땅에 떨어진 씨앗 자라
비바람에 흔들리며 꽃피고 열매 맺는 나무
망설임 깨우쳐 주었다

남이 가지 않은 길
가기 싫어하는 친구도 없는
하늘에 별만 있는 길
언젠가 세월이 지난 후 이야기 하겠다
세상의 많은 길 가운데
좁은 길 걸었고
그것이 오늘의 나를 만들었다고

꿈과 현실

높은 산
준비운동 없이 오르려다
미끄러져 넘어진 상처
흉터로 남아 있다

저 고개 넘으면
행운이 있다기에
안개 뿌리치고 달려갔지만
정 붙일 곳 없어
한숨만 한 아름 안고 돌아왔다

세상이 힘들어
고향 찾아갔으나
반겨주는 사람, 발붙일 곳 없어
눈물만 남기고 발길 돌렸다

꿈과 현실 사이
보이지 않는 전쟁, 인생인 것을

마음 가다듬어

나무 푸르게

강물 맑게

삶의 화폭 채워갔지만

어느새 서산에 해 기울어

미완성작품

물든 구름 속에 사라져 간다

대들보

무게를 피하기보다
무게를 받치는 것이
아름다운 일이라면
그렇게 하겠습니다

피가 흐르고
살점이 문드러질지라도
미래의 큰 집을 꿈꾸며
버팀목이 되겠습니다

받치는 일
서툴러
웃음거리가 되고
연습이 될지라도
세월이 지나 그것이 꽃이 된다면

세상의 비바람 견디며
작고 큰 무게 다 참겠습니다

시 쓰기

밤새워 머리 짜내도
시다운 시
한 줄 쓰지 못하니 허전하다

창 너머로
지난 폭풍에 끄떡없던
소나무 위 까치집 보인다
나뭇가지 맞추다
맘에 들지 않으면 버리고
어디선가 다른 나뭇가지 물고 와
조심조심 끼워 맞추어
기어이 집을 지었고
소나무 밑에
버려진 나뭇가지 수북했었다

버리고 또 버려
마지막 나뭇가지로 지은
저 까치집 시가 아닌가
머리 스쳐 가는 번갯불
버렸던 글, 버렸던 시
새 말, 새 생각으로 다시 맞추어 본다

그리운 어머니

어머니는 자꾸만
여기가 어디냐
집으로 가자고 한다

강남 갔던 제비가 돌아와
처마에 집을 짓고
마당에는 예쁜 병아리들이
모이를 주워 먹고요
말뚝에 매어놓은 소는
새김질하며 졸고 있어요, 어머니.

안개로 질퍽했던 길
가도 가도 끝이 없어 망설이고 있을 때
어머니 눈물이 받쳐주어
여기 까지 왔는데
나를 보살피느라
지치신 어머니
기어이 꽃가마 타시고
아버지 계시는 곳으로 갔다

도시락만은
흰쌀밥으로 싸시고
밤이면 등잔불에
돋보기안경 쓰시고
내일 신고 갈 구멍 난 양말
꿰매시느라 밤잠 설치시던
마른 잎 같으셨던 어머니
살아생전 예쁜 꽃 선사하지 못한 것
왜 이리 마음 아픈지
깊어가는 가을
마른 눈물 적신다

낙화

아름다움과
기쁨 주었으니
나 이제 가야 한다

사람들 눈 너머에
내가 할 일이 있기 때문이다

꽃피고 지는 것
자연의 순리에 따를 뿐

세상이 그리는 녹음이 되고
가을 향해 익어가는 열매되기 위해
나의 청춘은 지나갔다

목표가 있는 길을 가고
뜻 이루기 위해 사라지는 것
나는 슬프지 않다

가을비

내 마음에
홀로 선 가을나무
푸르렀던 날
꽃피고 열매 맺으며
새들 휴식처
매미들 연주장
나그네 그늘 된
물든 나뭇잎에 가을비 내린다
분주하고 뜨거웠던 삶
위로하는
하늘에서 내리는 샴페인인가
세상의 때 씻어내어
마지막 아름답게 하려는
눈물의 이별주인가
인생의 끝자락에서
서성대는 이파리
이 가을 지나면 어디로 가야 하나
마음 적시는 스산한 가을비

차 한잔 해요

이렇게 만난 인연
무심히 지낼 수 없지요
어느새 그대 머리도 희어 지고
곱던 얼굴 주름 잡혔으니
언제 헤어지게 될지
알 수 없지 않아요
아련한 추억만 남은 우리
차 한잔 하면서
맑은 가을 하늘 아래
피어 있는 들국화
추수가 끝난 들녘
서산에 지는 고운 노을 보면서
지나온 이야기 함께 웃어봅시다

풀꽃

길가 풀 섶
이름 모를 꽃

눈여겨보지 않았는데

다정하게 사는 모습
아름답던 누이동생 생각난다

이웃을 시기하거나
뿌리를 원망하지도 않으며
살아 있는 것만으로 축복이라고

드러내지 않는
섬 아가씨 같은 수줍은 꽃

욕심 많은 이 세상
장미꽃 아니면 어떠냐

조용히 세상 밝히는 풀꽃 되어
소리 없이 사라진들

어느 나그네의 고백

멀리 보이는
꿈 찾아 출발했다
들길, 물 건너 산 넘으며
초조한 마음
땀으로 젖은 몸
하늘 쳐다보다가
아스팔트 길에 들어섰을 때
한숨 놓였다

기쁜 마음에
힘차게 걸어가는데
색깔이 다르다고
길가의 장미 가시에서
찬바람이 불어오고
눈빛이 수군대는 소리에 당황
안개에 취해 비틀거릴 때
들려오는 웃음소리
더욱 고독해지고
구겨진 자존심
어찌해야 좋을까 망설이고 있을 때

참아야 진주가 된다는 어머니 말씀
꿈을 버릴 수 없었기에
나그네 길 포기하지 않았다고

바람 되어 흘러간다

나 이제
바람 되어
정처 없이 흘러간다

만나는 이마다
손 없는 손으로
어루만지고 기쁨 주며

가난한 집
부잣집 가리지 않고
문풍지 울리며
정다운 이야기 나누게 한다

메마른 들판 보면
구름 불러 비 내리게 하고
모가 자라면
소리 없는 음악으로 춤추게 한다

우연히 아주 우연히
그대 사는 마을로 흘러가다

시 낭송하면
웃음으로 화답해 줄까

혼자지만
흘러가는 곳마다
나를 반기는
친구들이 있어 외롭지 않다

아픔은 환생하여

석공은
큰 돌덩어리에 그어 놓은
먹줄에 따라
뜻을 심고
망치로 정을 치면
뚝, 뚝
살점 떨어져 나간다

목탁 치는 불자
기도하듯
무아경無我境으로
돌 다듬는 정성이
땀방울에 묻어들면
탑의 윤곽 조금씩 드러난다

한쪽은 깨어지고
한쪽은 깨어짐으로 아파할 때
아픈 것은 저승으로 가고
저승으로 간 아픔은 환생하여
아파하던 돌들 만나
기어이 아름다운 탑 이룬다

뚝배기

보면 볼수록
볼품없고
고독해 보이는데

그 안에 된장찌개
더디 끓지만
양은냄비와
비교할 수 없는 감칠맛

겉만 보고 평하지 말라

남 탓하지 않고
맛있는 찌개로
서로 화목케 하는 뚝배기

신록

앙상한 겨울나무
쉬지 않고 펌프질하더니
기어이 가지마다
예쁜 얼굴 무럭무럭 자라
어느새 청춘 되어
윤기 흐르는 이파리
푸른 연못 이루고
속절없이 가는 봄
아쉬워 말라, 내가 있다고
피곤한 사람
근심 있는 사람 위로慰勞
잊었던 추억
잃었던 사랑
되찾게 하는 활기찬 젊은 피
삶의 찬미 소리
하늘과 땅에 가득하다

징검다리

비가 오나
눈이 오나 바람 불어도

물에 잠긴 채
요지부동 자리 지키는
보폭에 맞추어 놓인 징검돌

밟히고 살아가면서
불평하거나
짜증 내지 않으며
디디고 지나는 사람
반갑게 맞이하는
이름 없고 빛도 없는 징검다리

인적 뜸해진
별이 빛나는 밤이면
남기고 간 발자국 외로움 달래어준다

작품해설

뿌리 깊은 한 그루
느티나무의 생애

지연희(시인, 수필가)

뿌리 깊은 한 그루 느티나무의 생애

지연희(시인, 수필가)

김문한 시인 3번째 시집 『바람 되어 흘러간다』의 출간이다. 신록의 푸름만큼 싱그러운 기운이 감도는 시집이다. 김 시인의 시작활동은 구순에 가까운 노구로 짚어내는 신실한 시심이어서 그 진중함이 남다르다. 건축학계에선 대한민국뿐 아니라 세계적인 명망을 지닌 시인은 이제 제2의 삶을 설계하며 특별한 정신력으로 시문학의 아름다움을 그려내고 있다. 생의 총체적 의미를 언어의 그림으로 건축하는 노시인의 강인한 의지는 한 그루의 큰 느티나무라는 생각이다.

시인이 서문에서 밝혔듯이 '보이는 것뿐만 아니라 세상에 놓여진 보이지 않는 아름다움도 시로 쓰고 싶었으며, 조금이라도 세상의 안테나가 되고 싶어 시를 쓰고 있다. 아직도 붉게 익지 못한 푸른 사과와 같은 시력詩歷이지만, 다만 좋은 시를 쓰려고 노력하면서 노년의 적막을 극복하고 있다는 것이 여간 기쁜 일이 아니다'라고 한다. 거의 어느 하루도 거름 없이 일상처럼 창작에 몰두하고 있는 시인의 의지에 존경을 표하지 않을 수 없다.

한 해에 한 권씩 시집을 출간하는 일은 그리 쉬운 일은 아니다. 더구나 미수米壽에 가까운 나이임에도 이를 극복하여 젊은이 못지않은 열정을 보이는 창작열에 귀감이 되곤 한다. 제 아무리 재능을 자랑하는 젊은이라 하더라도 최선으로 노력하는 사람에게는 미치지 못하게 된다는 이치를 보여주고 있다. 오늘 김 시인의 세 번째 시집 출간은 그만큼 값진 의미로부터 시작되었다고 믿는다. 문학은 그가 살았던 생의 한 일면을 경이롭게 경작하여 보다 깊은 생존의 흔적을 짓는 일이다. 오늘 이 한 권의 시집은 마을 앞 큰 느티나무의 역사이다.

가을 무르익으니
싸늘한 바람 불 때마다
물든 나뭇잎 우수수 떨어진다

산등선 수놓았던
억새꽃 하얀 머리
맥없이 바람에 휘날린다

여름 햇살
피곤한지 전만 못하고
무심한 바람
삶의 무게 내려놓으라 한다

짧았지만
꽃피우고 열매 맺으려 애쓰던
즐거웠던 시간, 힘겨웠던 시간

추억에서 멀어져가고

나를 재촉하던
친구들 그리움만 남기고
슬금슬금 사라져 간다
                -시 「가을 무상」 전문

가도 가도 끝이 보이지 않아
되돌아갈까 망설이다

길가에 피어있는 이름 모를 꽃
한참 보고 있는데

얼굴만 보지 말고
냄새만 맡지 말고

깊은 겨울 맨발로 견디고
꽃다운 꽃 되어

모든 이의 미소되려고 한
마음보라 한다

낙심하던 나그네, 부끄러워
신발 끈 다시 조여 매고 힘차게 걸었다
－ 시 「꽃과 나그네」 전문

시 「가을 무상」과 시 「꽃과 나그네」의 배경은 가을이라는
계절의 무력함을 언어의 깊이로 끌어내고 있다. 잎이 지는 배
경과, 앞으로의 전진이 아닌 가던 길 되돌아가 조락의 의미에
닿는 일이다. 특히 시 「가을 무상」은 김문한 시인이 딛고 있는
'오늘의 삶의 현주소'를 절실하게 드러낸 시라고 말할 수 있
다. '산등성 수놓았던/ 억새꽃 하얀 머리/ 맥없이 바람에 휘날
린다'는 조락의 의미는 바로 시인 자신이 지녔던 지난 시간의
영화(산등성 수놓았던)가 저물고 맥없이 바람에 휘날리는 노
년의 현실을 친탁하여 그림을 그리고 있어 마음 시리고 아프
다. 마침내 물든 나뭇잎 우수수 떨어지고 햇살도 피곤한, 바
람도 삶을 내려놓으라는 재촉의 길을 걷고 있는 이 시는 세
상 빛(꿈과 희망, 가엾은 이의 위로자)의 근원인 '햇살'마저
그 힘을 잃는 절망의 늪에 이르고 있다. 반면, 시 「가을 무상」
에서 보여주었던 상실의 짐은 시 「꽃과 나그네」로 넘어가며
다소의 희망과 남은 삶의 가치를 길가 이름 모를 풀꽃을 통하

여 재정비하게 된다. '깊은 겨울 맨발로 견디고/ 꽃다운 꽃 되
어' 미소 짓는 꽃의 의지가 갸륵하여 부끄러운 화자의 심중을
읽을 수 있게 되는데 낙심하여 고개 숙이던 나그네는 신발 끈
조여 매고 힘차게 내일을 향하여 걷고 있는 것이다. 어떤 고
난과 역경도 이겨내어 꽃을 피우는 풀꽃의 교훈이다.

> 파란 하늘을
> 한참 보고 있으면
>
> 온갖 때로 얼룩진
> 내 마음 떠오른다
>
> 낮아져야 한다면서
> 높아지려 하고
> 비워야 한다면서
> 채우려 한 욕심
>
> 눈물로 얼룩진
> 지난날의 상처
> 이제는 잊어야 한다면서
> 잊지 못하는 옹색한 마음
>
> 생각할수록 많은

내 안의 추하고 부끄러운 모습

맑고 맑은 저 하늘 물로
깨끗이 씻어내고 싶다
　　　　　　－시 「하늘」 전문

바람이 세차게 분다
아직도 갈 길 멀었는데
시간은 우울해지고
초조한 나그네의 신발 속에
어둠이 스며든다
짙은 노을에 취해 휘청거리기도
희망 찾아 여기까지 왔는데
어느새 신발창 다 닳았다
이것으로 삶은 끝나는 것인가
고향 떠나올 때
박수치던 소리, 성원하던 환성
점점 멀어져가고
희미하게 보이는 들과 산
은은하게 들리는 소쩍새 우는소리
낯선 땅에서 서성거리며
어디로 가야 하나
망설이고 있는데
뼈 묻을 곳은 있으니 걱정 말라고

밤하늘 은하수 손짓하고 있다
　　　－ 시 「어디로 가야 하나」 전문

　파란 하늘을 한참 쳐다보고 있으면 온갖 때로 얼룩진 내 모습이 떠오른다는 시 「하늘」은 지난 삶을 반추하며 삶으로 찌든 내 안의 추하고 부끄러운 모습을 맑은 하늘로 깨끗이 정화하고 싶다는 의지이다. 이처럼 이 시의 목적은 맑은 저 하늘의 청정한 크기를 보다 투명한 아름다움으로 비춰내고 싶은 시인의 의도가 엿보인다. 물론 누구나 때 묻지 않은 사람을 만나기는 어려운 일이라고 본다. 그 맑고 맑은 하늘에 대한 경외를 이 시는 간접적으로 자신의 때 묻음으로 역설하고 있다. '파란 하늘을/ 한참 보고 있으면// 온갖 때로 얼룩진/ 내 마음 떠오른다'는 것이며 '낮아져야 한다면서/ 높아지려 하고/ 비워야 한다면서/ 채우려 한 욕심'의 때를 하늘의 청정함으로 비견해 보이고 있다.

　'바람이 세차게 분다/ 아직도 갈 길 멀었는데/ 시간은 우울해지고/ 초조한 나그네의/ 신발 속에 어둠이 스며든다'는 시 「어디로 가야 하나」는 시인의 심리적 조건이 대문의 안과 밖으로 통합되지 않은 상태의 불안과 초조함이라고 본다. 어느 누구도 인간이라면 생과 사의 질서로부터 벗어날 수 없는 일이지만 완만한 나이를 살고 있는 시인의 심사는 특별할 것이라는 결론에 이르고 있다. 이는 유한한 생명을 지닌 인간이 시간의 나이테가 급속히 속도를 높일 때 맞닥트리게 되는 우울이고 어둠이라는 두려움이다. '짙은 노을에 취해 휘청거리기도/ 희망 찾아 여기까지 왔는데/ 어느 새 신발창 다 닳았다'고 한다. 어느 한 시도 최선의 삶을 살지 않은 적 없는데 생명의 한계가 어둠을 부르기에 어디로 가야 할지 망설이기도 한다. 헌데 뼈 묻을 곳은 있으니 걱정 말라고 밤하늘 은하수 손짓하고 있다는 것이다. 하지만 누구나 죽음이 가까이 있다고 느낄 때 두려움과 초조함, 우울에서 쉽게 벗어날 수 없음을 이 시는 명료히 제시한다.

> 무거운 짐
> 감당하기 어려워 버리려 했으나
>
> 버리려고 하면 할수록
> 더욱 악착같이 등에 붙어
> 비틀거리게 했다
>
> 미움도 사랑인가
> 지금은 그와 정이 들어
> 버릴 수 없는 친구가 되었다
>
> 열매 품은 꽃은
> 따가운 햇살에 스러지지 않는다

세찬 비바람에
넘어지지 않은 것은 버리고 싶었던
짐이 등에 있었기 때문
                    - 시 「버리고 싶었던 짐」 전문

일터에서
상한 마음 달래려고
선술집에 들러 한잔하고
늦은 밤 징검다리 건너 집에 갈 때
하염없이 우는 소리

귀 기울이니
쫄쫄쫄 흘러가는 물
엎드린 채 슬피 울고 있었다
아침에 건널 때 못 들었는데
맑고 맑은 저 물에
누가 돌 던져 상처 냈나

풀잎 모른 채 잠들고
별만 물 위에 떠 있을 뿐
상처 난 물소리
금 간 내 가슴 쓰다듬으며
흘러가는 소리 아닌가

그래
울음도 삭히면 힘이 된다니
시린 가슴 풀리도록 실컷 울어보자
내일을 위해서
    - 시 「상처 난 물」 전문

　시 「버리고 싶었던 짐」은 인생이 삶을 이끄는 과정 속에서
물질이나 정신으로 정리해야 할 심리적 갈등을 보이고 있다.
소유했던 물건들에 대한 애착의 마음이거나 감당하기 어려
워 버리려 했으나 악착같이 등에 붙어 비틀거리는 미련이다.
다만 '미움도 사랑인가/ 지금은 그와 정이 들어/ 버릴 수 없
는 친구가 되었다'는 그의 존재에 대한 확고한 제시가 필요하
겠으나 '열매 품은 꽃은/ 따가운 햇살에 스러지지 않는다'는
강인한 생의 의지표명으로 보면 '열매'는 화자가 생의 저변에
동행한 '이상理想'이고 그 생각의 절대성으로 실현하기 위한
노력이며, 꿈의 실현과정에서 일어나던 갈등이 짐이다. 오늘
시인의 심연 저 깊이에서 고백하듯 털어놓는 진솔한 이 현실
극복의 언어들은 한 인물이 사람으로의 길에 놓인 고단을 딛
고 일어서 종래에 체득한 건축가와 시인의 이름이라고 믿는
다.
　시 「상처 난 물」은 일터에서 일어난 상한 마음을 선술집에
서 달래고 귀가하던 길 징검다리에서 개울물이 상처를 입고

울음으로 흐르는 물의 상처를 발견하게 된다. '맑고 맑은 저
물에/ 누가 돌 던져 상처 냈나' 돌이라는 상관물로 존재하는
화자가 입은 일터에서의 상한 마음은 하염없이 엎드린 채 울
고 있는 물의 상처로 동병상련의 아픔을 만나고 있다. '풀잎
모른 채 잠들고/ 별만 물 위에 떠 있을 뿐/ 상처 난 물소리/ 금
간 내 가슴 쓰다듬으며/ 흘러가는 소리 아닌가' 아픔을 아픔
으로 씻는 '나'와 '물'의 상처는 하나의 울음으로 치유되는 과
정이다. '그래/ 울음도 삭히면 힘이 된다니/ 시린 가슴 풀리
도록 실컷 울어보자/ 내일을 위해서' 내일을 향한 극복의 힘
으로 상처 난 물은 금간 내 마음 쓰다듬으며 치유의 울음으로
흐르게 된다. 매우 자연한 사실적 개념의 속성으로 흐름을 내
장한 물 흐름소리를 시인의 상상은 돌 맞음의 아픔으로 상처
를 만들고 있는 것이다. 더구나 '금간 내 가슴 쓰다듬으며 흘
러가는 소리'라는 것이다. 시 창작에 있어서의 상상은 그만큼
창의적인 의미의 확장을 요구하게 된다.

> 땀 흘리며
> 집에 온 나에게
> 어머니가 그릇에 담아준 물
> 꿀맛이었다
> 따가운 햇볕에 일하는 농부
> 따라주는 막걸리 한 그릇 가득 마시고

어! 시원하다 고마워하던 소리

지금도 귀에 쟁쟁하다

흙과 물로 빚어 만든 그릇

빼어난 모양 아니지만

밥 담으면 밥그릇

국 담으면 국그릇

물 담으면 물그릇 되어

언제 어디서나 다정하다

도적 염려하고

상처 날까 자주 쓰지 않는

금 그릇

가보는 될지언정 그릇이라 할 수 있나

따뜻한 정 담아

누구에게나 나누어 기쁨 줄 수 있는

그런 그릇 되고 싶다

　　　　　　－ 시 「그런 그릇 되고 싶다」 전문

길가 풀 섶

이름 모를 꽃

눈여겨보지 않았는데

다정하게 사는 모습

아름답던 누이동생 생각난다

이웃을 시기하거나
뿌리를 원망지도 않으며
살아 있는 것만으로 축복이라고

드러내지 않는
섬 아가씨 같은 수줍은 꽃

욕심 많은 이 세상
장미꽃 아니면 어떠냐

조용히 세상 밝히는 풀꽃 되어
소리 없이 사라진들
― 시「풀꽃」전문

  시「그런 그릇 되고 싶다」는 어머니가 자식에게 베푸는 무
한한 사랑을 말하고 있다. 어머니의 무조건적인 자식 사랑
과 헌신의 크기를 그릇으로 비유하여 나도 그런 그릇이 되고
싶은 의지를 표명한다. '땀 흘리며/ 집에 온 나에게/ 어머니
가 그릇에 담아준 물/ 꿀맛이었다'는 '그릇=꿀맛'으로 합일된
그릇의 사랑과 사랑의 정도를 드러낸다. 흙과 물로 빚어 만든
그릇은 원초적 사랑으로 때 묻지 않은 어머니와 연결되며 언
제 어디서나 구현되는 자연 발생적인 순연함이다. 윤기 흐르

는 금 그릇이 아닌 투박하고 수더분한 온전히 자신을 내어주는 사랑으로 헌신의 어머니 가슴 밭인 것이다. 화자는 그 그릇의 가치를 닮고 싶어 한다. '빼어난 모양 아니지만/ 밥 담으면 밥그릇/ 국 담으면 국그릇/ 물 담으면 물그릇 되어/ 언제 어디서나 다정하다'는 순수의 아름다움을 지향하고 있다.

시 「풀꽃」을 감상하면 길가 풀 섶 이름 모를 꽃들의 맑은 순수를 생각하게 한다. 누가 눈여겨 보아주지 않아도 저 혼자 피고 지는 어여쁜 모습이다. 그 모습이 어쩌면 하잘것없어 보여도 '이웃을 시기하거나/ 뿌리를 원망하지도 않으며/ 살아 있는 것만으로 축복이라고' 믿는 마음 착한 누이동생 같다고 말하고 있다. 세상 밖으로 크게 드러내지 않고, 있는 듯 없는 듯 존재하는 풀꽃의 삶은 순연한 아름다움으로 조용히 세상을 밝히는 대상이다. '욕심 많은 이 세상/ 장미꽃 아니면 어떠냐// 조용히 세상 밝히는 풀꽃 되어/ 소리 없이 사라진들' 아무런 여한을 지니지 않는다고 한다. 초야에 묻혀 사는 자연인의 여유와 초연함을 이 시는 전하고 있다. 이는 바로 시인이 추구하는 영혼의 빛깔이다.

김문한 시인의 세 번째 시집 『바람 되어 흘러간다』를 감상하면서 세상을 관조하며 살아온 뿌리 깊은 한 그루 느티나무의 생애를 짚어볼 수 있었다는 기쁨과 감사를 동시에 느꼈다. 지구촌 5억만 명의 사람들이 오늘도 삶의 터전에서 각기 자신의 삶을 경영하여 의미를 조망하고 있다. 때문에 어느 만큼의 연배에 이르면 자신이 살아온 삶에 대한 회의와 아쉬움 속에서 남은 생에 대한 정리를 하게 된다. 김문한 시인은 시인의 시선으로 자전적 '인생정리'를 지난 첫 시집과 두 번째의 시집에 이어 이 한 권의 세 번째 시집으로 짚어내고 있다. 시는 인생 비평이라는 말이 있다. 내가 살아온 삶이든 내 이웃의 삶이든 시의 좌판에 놓여진 이야기는 누군가의 가슴에 담겨 아름다운 의미가 된다는 것이다.

바람 되어
흘러간다

바람 되어
흘러간다

김문한 시집